Los Aullidos de la Luna

Pensamientos Austeros

RiTa o

Los Aullidos de la Luna
Pensamientos Austeros

PREFACIO

El presente libro es una recapitulación de mi sexto libro, Catarsis de Escritura Desenfrenada, de la Saga A S Í H A B L A L A D I A B L A.

Por ese entonces, mi despecho continuaba desenfrenado por plasmar sentires de pensamientos irónicos, y es que, acompañada de mi incondicional amiga, la soledad, el amor se entremezclaba en mi mente - corazón sin más remedio que escuchar los aullidos, si así se quiere, de mi desconsolada y despiadada luna psicológica. Conociendo, de este modo, otro aspecto de la cara oscura de la luna que siempre permanece oculta, también conocida como la Luna Negra de Lilith.

Y fue así que nació Los Aullidos de la Luna, mi décimo segundo libro.

Por lo que, os invito a disfrutar de 66 Pensamientos Austeros que reconectan con el Idílico Amor Herido.

La Autora

Los Aullidos de la Luna
Pensamientos Austeros

"Somos ángeles y somos demonios,

somos híbridos enfurecidos

dentro del mundo que creímos,

y aunque luches por ser bueno, también serás malo,

porque así es el destino

de la cruel infértil naturaleza"

Los Aullidos de la Luna
Pensamientos Austeros

¿ME DEVELARÁS El SECRETO?

"Y aún, teniendo la llave, no se sabe cuál es la
puerta principal por la que ingresa al
Templo Sagrado"

Reflexionando en esta frase, pareciera extraño, que teniendo la llave no se sepa con claridad cuál es la puerta principal por la que ingresar al Templo Sagrado, paradoja que sucede hasta en los cuentos más realistas de la misma vida cotidiana, y como se dice vulgarmente, cualquier parecido con la realidad es pura coincidencia.

Abrir la puerta principal del Sagrado Templo de una persona, implica conquistar lo más preciado de ella, sin duda alguna, y muy equivocadamente, no se logra con dinero, regalos o bienes materiales, tampoco endulzando sutilmente los oídos. Y es que, en verdad, una persona completa no necesita absolutamente nada de estas cuestiones, ni siquiera un cuerpo atractivo o una cara bonita podría justificar el amor que eso implica, y que sólo se llena con la afortunada conquista.

Claramente, una persona íntegra, se complementa con otra igualmente íntegra, con su Corazón Sincero e Inteligencia, y la forma palpable en la que ésta lo aplica en su vida cotidiana.

Las personas siempre son Conquistadas por el Corazón, he aquí el secreto al descubierto, pero obviamente, siempre y cuando ambas sean recíprocamente correspondidas.

Y aunque en ciertas ocasiones las apariencias demuestran lo contrario, los sentimientos del corazón, aunque austeros, no dejan de palpitar para recordar que las apariencias son sólo eso, y ante la verdad de un corazón sincero, no existe amor que se resista a callar sus aullidos.

Los Aullidos de la Luna
Pensamientos Austeros

Los Aullidos de la Luna
Pensamientos Austeros

PENSAMIENTOS AUSTEROS

PENSAMIENTO AUSTERO 1

"El Amor siempre será Libertad"

La libertad de volar juntos, pero no atados,
la libertad de caminar unidos,
eh iluminados por las mismas estrellas.

PENSAMIENTO AUSTERO 2

"El que quiere siempre buscará un modo,

pero el que no quiere de ningún modo podrá"

PENSAMIENTO AUSTERO 3

Un Koan, eso es lo que Eres,

una incertidumbre por venir,

mil maravillas por descubrir,

un sinfín de conexiones,

un sin tiempo de emociones,

corazones sin temores,

abundancia de sabores,

un universo de colores,

y un ejército de girasoles

mirando siempre los espejos de sus soles.

PENSAMIENTO AUSTERO 4

Quiero todo lo que a nadie entregas,

tus manos abiertas, tu alma imperfecta,

tus noches inquietas, tu carne sedienta,

tus voces revueltas,

tus miradas perversas para ahogarme entre ellas,

mezclarme en sus penas,

perderme en la hoguera

para intentar que no muera,

quiero todo lo que a nadie entregas.

PENSAMIENTO AUSTERO 5

Tú no me eliges a mí,

yo te selecciono de entre miles,

aunque todos sean iguales

y me autoconvenza de lo contrario.

Atte. El óvulo.

PENSAMIENTO AUSTERO 6

- ¡Eres MaraVillosa!

- siii, soy mara-villosa,

muy Mala y Viciosa.

PENSAMIENTO AUSTERO 7

¡LO QUIERO TODO!

"SEXO Y AMOR, AMOR Y SEXO"

PENSAMIENTO AUSTERO 8

"Tengo ganas de que te den ganas

de tener muchas ganas de quitarnos las ganas"

PENSAMIENTO AUSTERO 9

¿A qué juego jugamos?

Cuanto te miro volteas de lado,

cuando me miras no te sigo mirando,

cuando aparezco no te encuentro a mi lado,

cuando desapareces sin querer regreso a verte,

cuando me buscas no estoy en tus brazos,

cuando te recuerdo ya no estás en mis labios.

PENSAMIENTO AUSTERO 10

"Encuentros desencontrados,

no mires hacia otros lados,

no estamos cuando deseamos,

no estaremos cuando queramos"

PENSAMIENTO AUSTERO 11

"En la historia sin tiempo estamos,

en los besos más bien olvidados,

adiós a los días entregados,

mendigos días robados"

PENSAMIENTO AUSTERO 12

- Me tienes loco, pero, estoy casado...

- No importa guapo, cuando te separes me avisas,

no hay mal que dure toda tu vida.

PENSAMIENTO AUSTERO 13

Pero…

un Beso No se Roba, un Beso se Gana,

un Beso es un Instante Eterno entre los Dos.

PENSAMIENTO AUSTERO 14

¿Y qué creíste?

que por robarme un beso me ibas a poner al límite,

eso sólo en tus Sueños.

PENSAMIENTO AUSTERO 15

Pobrecito…

Queriendo ser sincero desde la deshonestidad,

MENTIROSO.

Ser agradable sin espontaneidad,

FALSO.

Ser imparable sin estabilidad mental,

DESEQUILIBRADO.

Ser comprensivo sin coherencia emocional,

ANTIPÁTICO.

Ni siquiera tanta experiencia te ha sido suficiente

para ganarle a la IrOníA dE la ViDa.

¿QUÉ MÁS LE PUEDES PEDIR A TU VIDA?

PENSAMIENTO AUSTERO 16

¿De qué va?

De qué va tu carisma,
sin cause que fastidia.

De qué va tu arrogancia,
arropada de ignorancia.

De qué van tus risas,
colmada de desdichas.

De qué van tus caricias,
con asperezas que destilas.

De qué van tus mentiras,
escondiendo lo que mendigas.

PENSAMIENTO AUSTERO 17

¿Pa qué tantas palabras?

si con tus AcCioNes lo dices TODO.

PENSAMIENTO AUSTERO 18

:Amor de Verano:

"YA DECÍA YO QUE TANTO CALOR
DESCONGELA EL CEREBRO
Y CALIENTA EL CORAZÓN"

PENSAMIENTO AUSTERO 19

"Cuenta la leyenda

que cuando tú vas,

yo ya estoy de vuelta"

PENSAMIENTO AUSTERO 20

Hay mi amor...

no sabes con quién te metiste...

mejor olvídame si puedes,

que yo haré lo mismo contigo.

PENSAMIENTO AUSTERO 21

Si Todo me lo Pago Yo

¿Qué puedes ofrecerme?

ni siquiera Sexo y Amor puedes.

PENSAMIENTO AUSTERO 22

Coshita...

no te confundas,

que lo único que posees son tus Valores,

no las cosas de valor.

PENSAMIENTO AUSTERO 23

Te sigue importando en demasía el qué dirán,

cuando lo único realmente importante,

es lo que tú mismo dices de ti

con tus acciones.

PENSAMIENTO AUSTERO 24

"Es mejor no prometer nada,

que Comprometer la Palabra

y luego No tener Cojones

para retractarse de la promesa"

PENSAMIENTO AUSTERO 25

Cariño...

¿Quién quiere vEr esos Cojones

que sólo los tienes de adorno?

PENSAMIENTO AUSTERO 26

Es demasiado pequeñita

como para dártela de Tan Grande,

aunque...

cierto que lo haces para consolarte.

PENSAMIENTO AUSTERO 27

Y todavía cRee

que como me conservo bien nací ayer.

Pobrecito… que iluso.

PENSAMIENTO AUSTERO 28

No mi amor, NO TE PREOCUPES,

que yo no le cuento nada ni a mi **SomBra**,

¡no valla a ser que cuando el sol caiga

me asuste de la oscuridad!

jajajajaja…

PENSAMIENTO AUSTERO 29

Pobrecito... hijo de Dios,

me da tanta pena,

que lo disimulo a la Perfección.

PENSAMIENTO AUSTERO 30

Hubo un tiempo que estaba loquísima por ti,

pero qué lástima que perdiste la oportunidad,

y es que la cordura la transmuto

cada vez en más locura,

y ahora prefiero más a los reprimidos curas.

PENSAMIENTO AUSTERO 31

AuNqUe No lO CrEas

"SoY uN aMor"

HasTa qUe Me CaMbiaN De PelíCulA.

PENSAMIENTO AUSTERO 32

"No me va tu forma de Amar"

Prefiero las vistas que me desvelan el alma,

a tus ojos que entierran mis ansias.

PENSAMIENTO AUSTERO 33

"No necesito que me endulcen el oído,

disfruto cuando me rozan el alma"

PENSAMIENTO AUSTERO 34

"Prefiero la libertad de correr el riesgo a ser feliz,

que la paz esclavizada del tormento de tu mirada"

PENSAMIENTO AUSTERO 35

No es que no me importes nada,

¡Te Amo Bebé!

pero es que más me Amo a Mí Misma.

PENSAMIENTO AUSTERO 36

"Se ha perdido T O D O"

PENSAMIENTO AUSTERO 37

¡C u i d a d o!

que lo mejor de mí es que tengo la capacidad

de regenerar rápidamente una herida emocional,

y lo hago a través de la E S C R I T U R A.

PENSAMIENTO AUSTERO 38

"Nadie sabe quién fue el inspirador de mi catarsis,

pero algunos se identifican

con sus propios recuerdos

y experiencias malditas"

PENSAMIENTO AUSTERO 39

Hombres...

no es que no los queramos,

es que ustedes se portan muy mal,

tan mal que hasta se les olvida

que la mujer es más astuta sin vosotros.

PENSAMIENTO AUSTERO 40

- ¡Ten cuidado con la oscura perversión!

- Cariño, ¡Yo Soy la Oscura Perversión!

PENSAMIENTO AUSTERO 41

DoBle SeNtiDo eN mOdo AcTiVo.

PENSAMIENTO AUSTERO 42

Él con su PeRRo y Ella con su GaTa.

No hay dueño que no se parezca a su mascota.

PENSAMIENTO AUSTERO 43

La Química Mortal

"Él es un bonito perro y ella una linda gata,
pero ella atrae todos perros y él atrae puras gatas"

PENSAMIENTO AUSTERO 44

No voy detrás de Nadie,

pero soy una gata sin traje

y los perros me persiguen salvajes,

aunque en vez de un perro mañoso

prefiero un gato cariñoso.

PENSAMIENTO AUSTERO 45

"Deberías saciar tu sed de lobo hambriento,

antes de hacerte el inocente perro domesticado"

PENSAMIENTO AUSTERO 46

Si continúas con la fantasía

de ser como el muñeco de nieve,

anhelando un poco de calor

sin saber que terminarás derretido entre mis piernas,

cuando ya no existas, no podrás arrepentirte

de tus absurdas ambiciones de verano.

PENSAMIENTO AUSTERO 47

No...

yo no me hago la Santa,

si soy una D I A B L A.

PENSAMIENTO AUSTERO 48

"SI TE HABLA MAL DE MÍ
TEN MUCHO CUIDADO,
ES VERDAD QUE SOY LOCA,
SIN DUDARLO,
PERO TE ASEGURO QUE A TI
TAMBIÉN TE CRITICA
EN TUS AUSENCIAS"

PENSAMIENTO AUSTERO 49

"Mientras duermes con ella y sueñas conmigo,

yo sueño con otro sin dormir contigo"

PENSAMIENTO AUSTERO 50

"Prefiero jugar a quién es más sensible,

valiente y audaz,

que a jugar a las escondidas

detrás de los armarios empotrados"

PENSAMIENTO AUSTERO 51

Y al fin de cuentas te debo agradecimiento,

los silencios matan más que las palabras,

por suerte resucito más consciente

de entre mis propias heridas.

PENSAMIENTO AUSTERO 52

"Hiciste que te olvide con tu ausencia,

ahora no reclames mi presencia"

PENSAMIENTO AUSTERO 53

"No se llamaba Romeo, ni yo Julieta,

pero morimos juntos,

y el amor se llevó nuestros más profundos deseos"

PENSAMIENTO AUSTERO 54

"Un cuento sin fin bien alocado,

un reencuentro nunca más anhelado"

PENSAMIENTO AUSTERO 55

Y...

A estas alturas de la vida

prefiero un hombre InTeLiGenTe,

antes que un mUsCuloSo descerebrado.

¿AlGuien Conoce a alGuno?

PENSAMIENTO AUSTERO 56

H0y me porTaré mAl.

¿Acaso me das permiso?

PENSAMIENTO AUSTERO 57

ClAraMente la "IroNía" me eSTá p0seYendo.

PENSAMIENTO AUSTERO 58

¿Yo pidiendo permiso?

Jajajaja...

Ni a mi SomBra.

PENSAMIENTO AUSTERO 59

¿Loquísima yo?

¡Eso es un hecho!

Pero te aseguro que otra como yo

jamás la encontraríais.

PENSAMIENTO AUSTERO 60

No comprendo que les sucede a los hombres
que se creen dueños de las mujeres,
exigiendo y exigiendo,
incluso ¡sin haberlas comprado!

Amores...
antes de exigir, primeramente
deben saber que ellas son LiBrEs,
y si ellas los ha aceptado como amigo,
el resto sin duda se los hará saber.

Hombres...
la decadencia ancestral del antiguo patriarcado
hace tiempo que ha caducado.

¡Actualícense PleaSe!

PENSAMIENTO AUSTERO 61

Y me pregunta:

- ¿Tienes algún trauma con los hombres?

Pregunto por las cosas que escribes.

Y le respondo:

- ¿Trauma con los hombres?

Para nada cariño...

que va, si es que ellos tienen por naturaleza

¡una sola cosa que a mí me falta!

porque si es por el resto...

iNteliGencia y deSeos me sObran

y a mis guStos mE los pAgo yo Solita.

Lo que pasa es que con la verdad se sienten

ofendidos y con la mentira quedan muy contentos,

pero yo no nací para adular la ignorancia de nadie.

PENSAMIENTO AUSTERO 62

nO te PreoCupes,

No tE paGarÉ c0n la mi$ma moNedA,

mEjOr con Un biLLete

y dE paSo Te QueDas coN el vUelt0.

"CaiGa QuiÉn cAigA"

PENSAMIENTO AUSTERO 63

"Más Repeticiones sólo en el gym,

con los ex No se Repite"

PENSAMIENTO AUSTERO 64

"La persona que más amé,

me enseñó que mejor es

AMARME A MÍ MISMA"

PENSAMIENTO AUSTERO 65

"Las excelentes relaciones amorosas,

son el fruto de la Auto Sinceridad"

PENSAMIENTO AUSTERO 66

¿Quién será mi próxima Víctima?

Los Aullidos de la Luna
Pensamientos Austeros

Los Aullidos de la Luna
Pensamientos Austeros

¿QUÉ SERÁ?

¿Qué será de tu destino,
sino te atreves a vivirlo
con sinceridad y desafío?

¿Qué será de tu palabra,
si no la utilizas con verdaderas
frases apasionadas?

¿Qué será de tu mirada,
sino te atreves a ver con calma
el alma de tu amada?

¿Qué serán de tus ganas,
de entregarte entero en su cama,
sino te entregas a la sinceridad con tu almohada?

¿Qué será de tu amor decepcionado,

si a tu corazón,

no le ofreces aliento para perdonarlo?

¿Qué será?

¿Qué será de tu futuro,

si tu presente no es sincero con el mundo?

(Inspirada en M.P. y R.Z.)

Los Aullidos de la Luna
Pensamientos Austeros

Los Aullidos de la Luna
Pensamientos Austeros

"Brindo por la última gota

que quedó en la copa vacía,

porque antes de ahogarme entera,

prefiero nadar en ella"

Los Aullidos de la Luna
Pensamientos Austeros

SOBRE LA AUTORA

RiTa o nació en la ciudad de Santa Fe, Argentina, un 10 de agosto de 1978, tiempo en que las constelaciones marcaban el signo de Leo.

Gracias su peculiar descendencia de aborígenes mapuches, lleva en sus venas la sangre del ocultismo chamánico, así como otra raíz genealógica la nutre con su piel exótica de color árabe sirio libanés, que la ha caracterizado desde el momento 0, y sin olvidar su peculiar personalidad con rasgos italianos y judío franceses que la envuelven en una mezcla bastante enigmática hasta para quienes la conocen personalmente.

Desde pequeña fue ligada a las vicisitudes de su propio destino, pero su espíritu influenciado por el astro Rey la llevó a admirar la ciencia de la vida y las bellas artes como expresiones divinas plasmadas mediante el ser humano.

Su naturaleza artística la impulsó a orientarse en el mundo de la fotografía, hasta que por el año 2000 se deslumbró por el conocimiento de la antropología esotérica, en los aspectos de la filosofía, psicología, ciencia y misticismo, impulsándola a escrudiñar en las profundas causas de las consecuencias humanas, motivo por el cual, se especializó en el área de la salud y terapias holísticas, desarrollando así, su oculto espíritu alentador hacia la humanidad, muchas veces sin poder alcanzar a conocer las causas de su propio dolor.

Su pronunciado interés sobre las terapias vibracionales, la condujo a investigar y perfeccionarse, en este caso, en la física cuántica, ciencia que la ha motivado a potencializar sus más sutiles sentidos.

Por otro lado, su espíritu amante de la danza, impulsado por sus orígenes árabes, la ha llevado a fluir con su cuerpo a través de la música.

Actualmente, su pasión desenfrenada por la escritura, la mantiene orientada en plasmar obras de Poesía, en versos, poemas, reflexiones y prosas poéticas, algunas con románticas inspiraciones épicas y otras con místicos poemas existenciales, así como también reflexivas motivaciones poéticas, sin olvidar el gran sentido del humor del placer de sus ironías, incorporando, además, frases y escritos icónicos con imágenes fotográficas propias y de su misma autoría, como también su autobiografía en poemas, dando forma a La Danza de sus Letras en sus extravagantes poesías.

A la fecha, algunas obras se encuentran en plena producción, editándose o en proceso de publicación.

Los Aullidos de la Luna
Pensamientos Austeros

Los Aullidos de la Luna
Pensamientos Austeros

SÍNTESIS

Lástima que, en ciertas ocasiones, obnubilados por un nuevo deslumbramiento perdemos el rumbo, creyendo estar enamorados, aún mucho antes de nuestro Corazón llegar a ser Conquistado.

Y es que, una pareja es un par, la complicidad, los diálogos y los momentos compartidos son el resultado amoroso y confidencial entre ambos. Y es ahí, cuando misteriosamente TODO comienza o culmina. Y así, continuamos tropezando y cayendo una y mil veces al descuido.

Si la llave no se corresponde con la puerta, se cae la máscara y las ganas de llamar al cerrajero, de una vez desvanecen.

Mejor sería abrir nosotros mismos la puerta de nuestro corazón, reconociéndonos en el Placer de la Auto Conquista, y comprendiendo que, al estar ÍNTEGROS y COMPLETOS, el resto llega por absoluta añadidura.

RiTa o

Los Aullidos de la Luna
Pensamientos Austeros

Los Aullidos de la Luna
Pensamientos Austeros

ÍNDICE

Los Aullidos de la Luna
Pensamientos Austeros

Los Aullidos de la Luna
Pensamientos Austeros

Los Aullidos de la Luna
Pensamientos Austeros

Los Aullidos de la Luna
Pensamientos Austeros

Printed in Great Britain
by Amazon

40233177R00056